벌새
LE COLIBRI

벌새
LE COLIBRI

엘리자 수아 뒤사팽 글 | 엘렌 베클랭 그림 | 문현임 옮김

북극곰

내일 떠날 준비는
다 했니?

대충요.

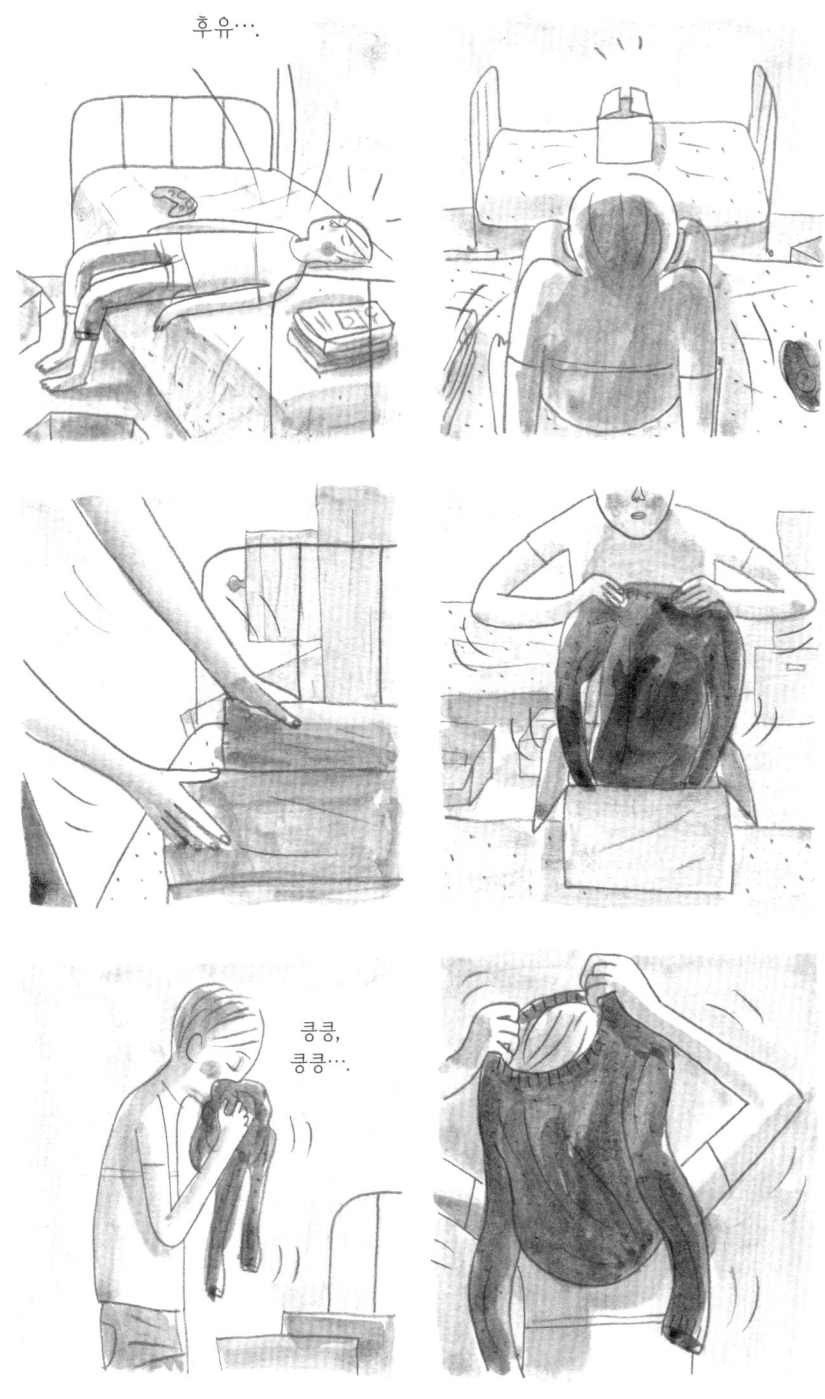

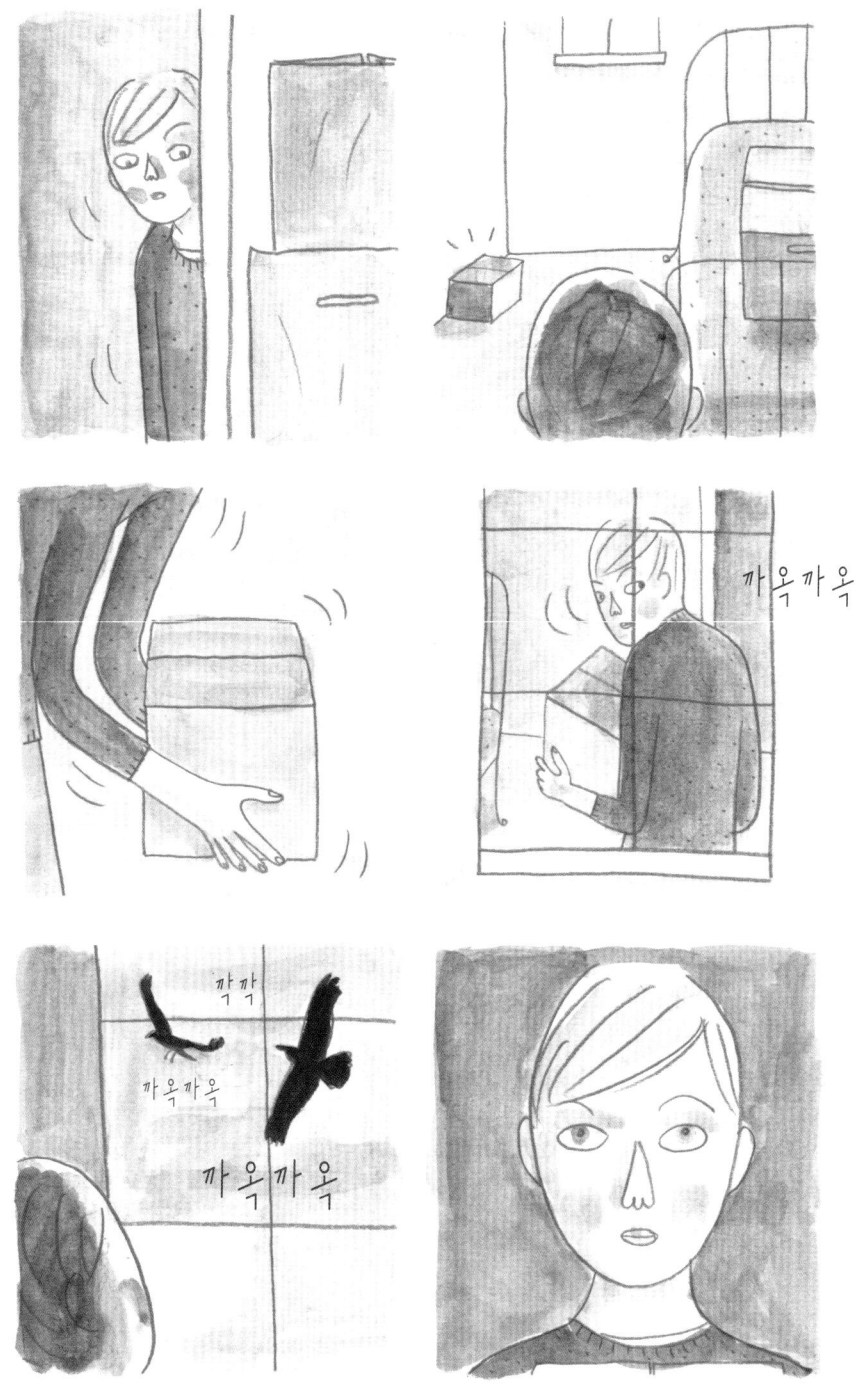

효모

LE
LEVAIN

바닷물은
냄새난다던데.

여기
냄새보다는
훨씬 나아….

무슨 냄새가
난다는 거야?

뭔가
시큼한 냄새가
나는데.

아,
베시 말이구나.

베시?

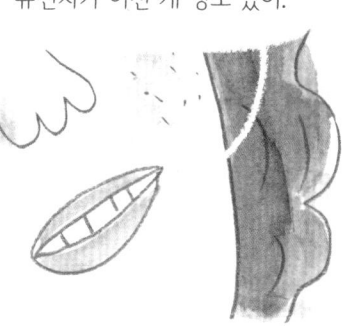

음… 근데 거기에
희한한 언덕이 하나 있거든.
세상에서 이름이 가장 길어.
잠깐 기다려 봐.

타우마타 와카탕이항아
코아우아우 오 타마테아
투리 푸카카 피키 마웅아
호로누쿠 포카이 웨누아키
타나타후.

이게 무슨 뜻이냐면….

엄청나게 큰 무릎을 가진
'타마테아'라는 등산가가
산을 아주 힘들게 올라가서
사랑하는 사람을 위해
플루트를 불던 언덕이래.

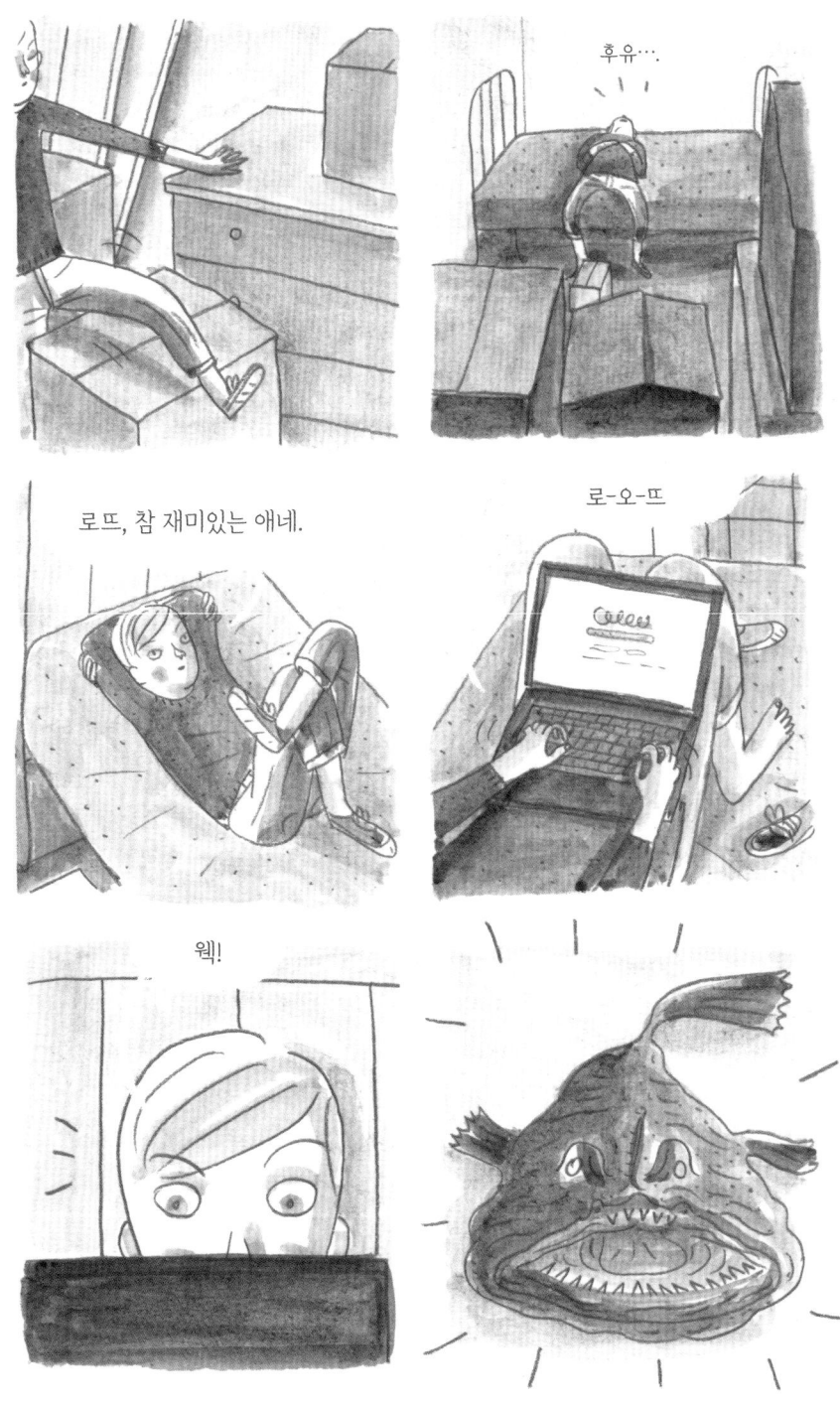

벌새

LE
COLIBRI

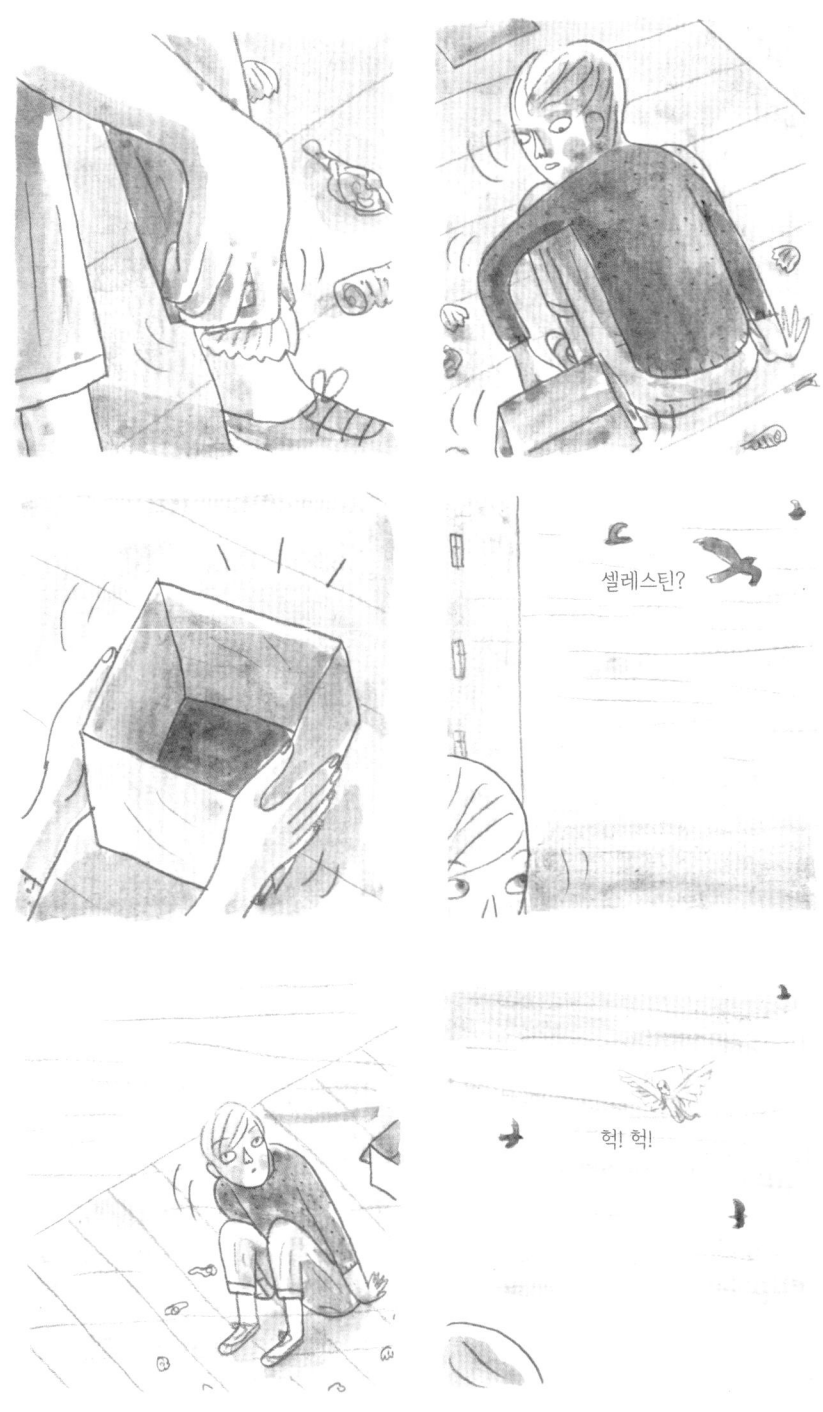

널 다시는
못 보는 줄 알았어!

그래도
잘 찾아왔네!

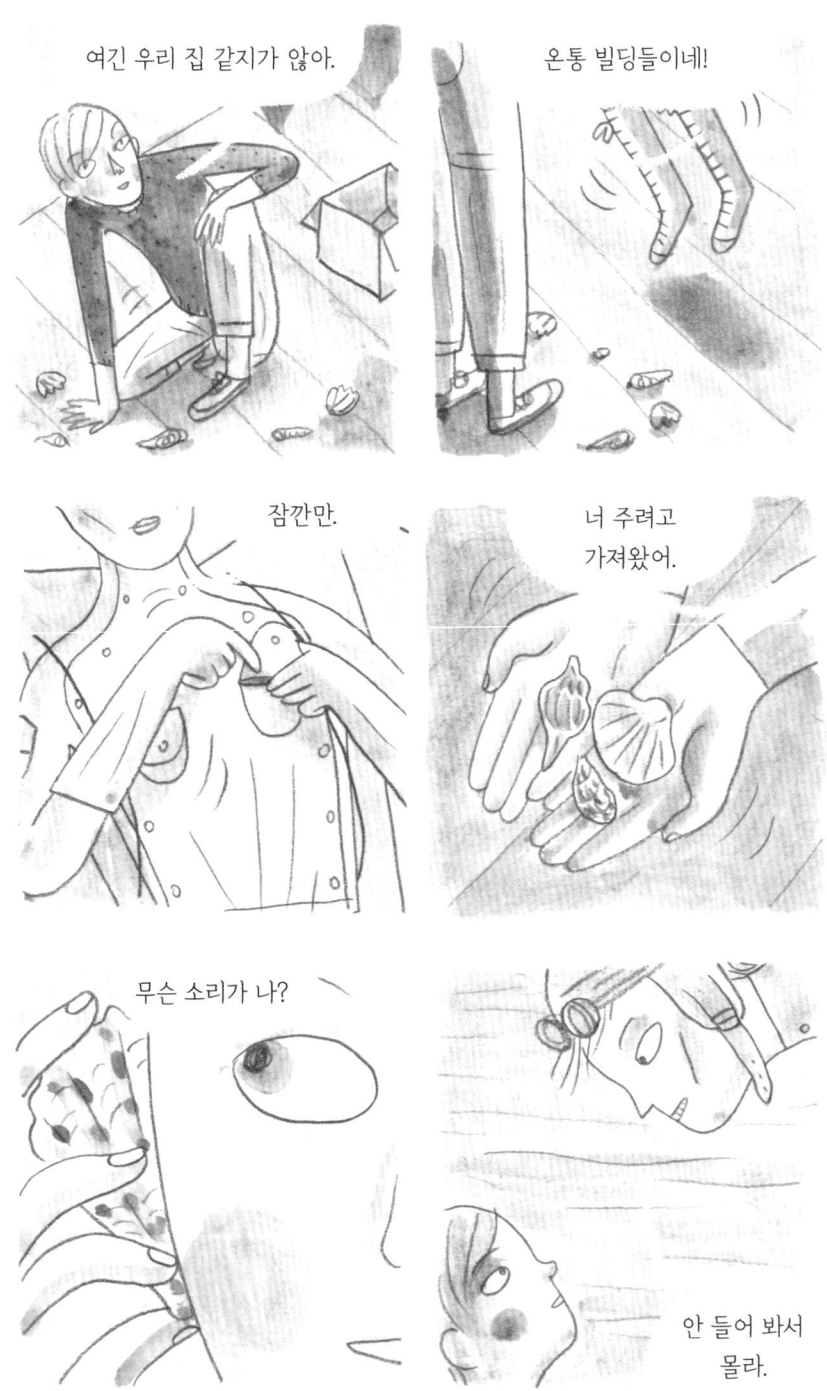

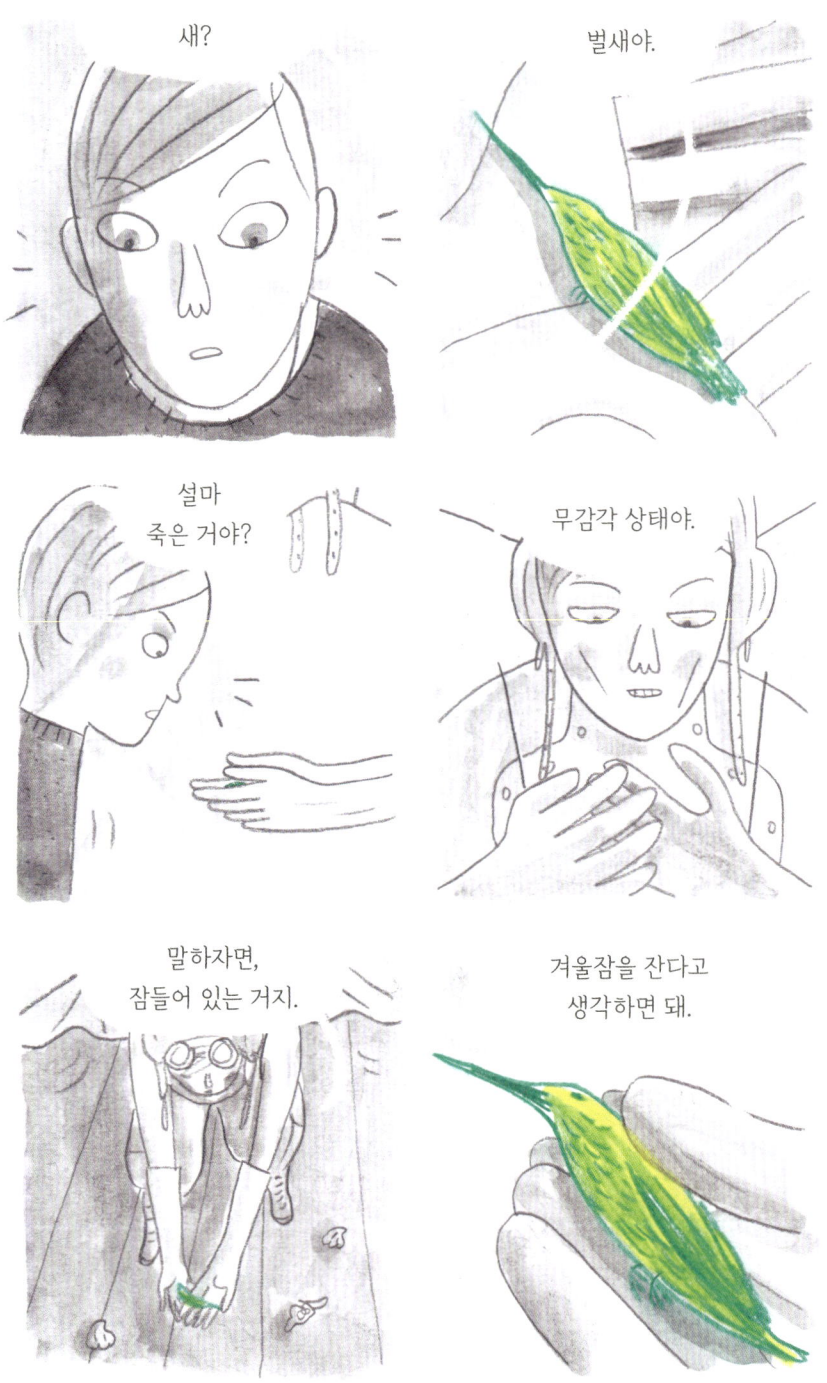

벌새는 아주 특별해.

날갯짓을
1초에 200번까지
할 수 있어.

관절이 유연해서
제자리 비행을 하고
뒤로도 날 수 있지.

심장이 아주 빠르게 뛰어서
몸이 엄청 뜨거워.

근데 일단 잠이 들면
모든 기능이 다 멈추지.

심장 박동이
느려지면서 몸이
얼어붙은 것처럼
차가워지거든.

아무것도
느낄 수 없고
위험에 처해도
알 수가 없어.

스스로를
보호할 수조차 없지.

혹시나 해서 말인데,
벌새는 씨앗을 먹지 않아. 꽃꿀을 먹지.
그래서 부리가 가느다란 거야.

금방이라도 날아갈 것 같은 자세로
꽃 위를 맴돌며 꿀을 먹어.
마치 꿀벌처럼 말야.

그래서 벌새에게는
꽃이 엄청 많이 필요해.

박테리아

LES BACTÉRIES

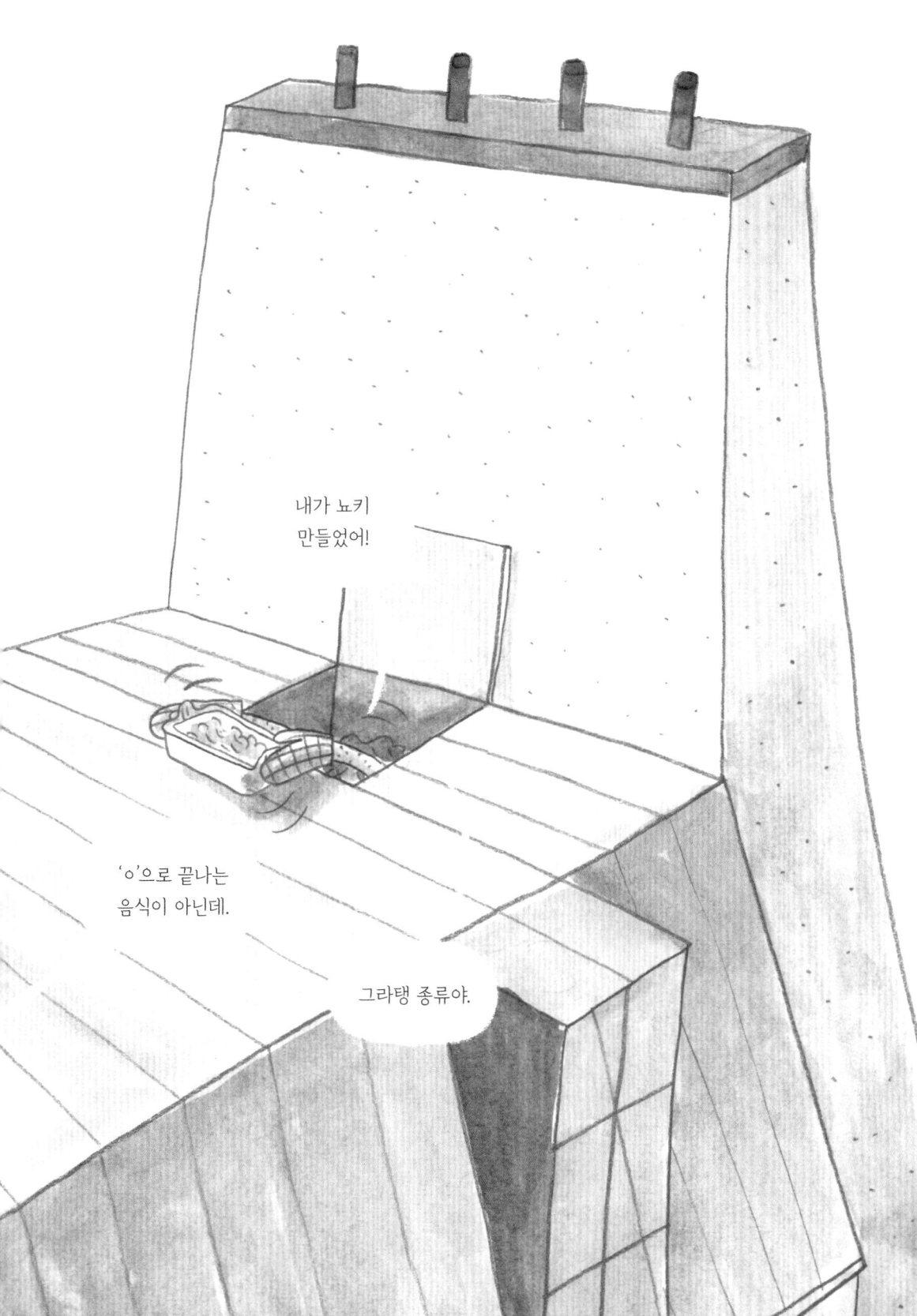

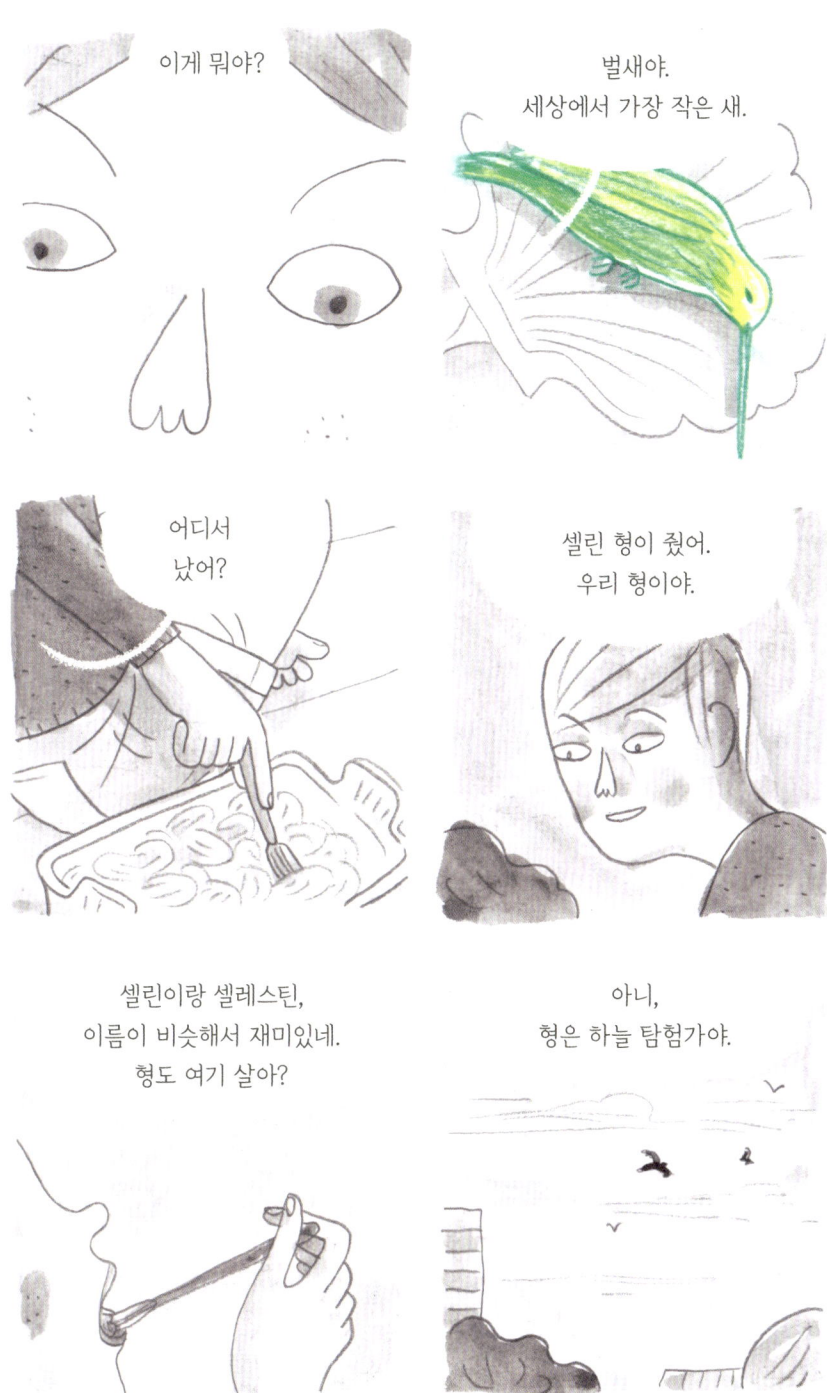

관절이 유연해서
제자리 비행은 물론
뒤로도 날 수 있어.

날갯짓을
1초에 200번까지
할 수 있지.

벌새는
특별한 새야.

심장이
아주 빠르게 뛰어서
몸이 엄청 뜨거워.
근데 일단 잠이 들면
모든 기능이 다 멈추지.

심장 박동이
느려지면서 몸이
얼어붙은 것처럼
차가워지거든.

아무것도 느낄 수 없고
위험에 처해도
알 수가 없어.

스스로를
보호할 수조차
없지.

조사

LES
RECHERCHES

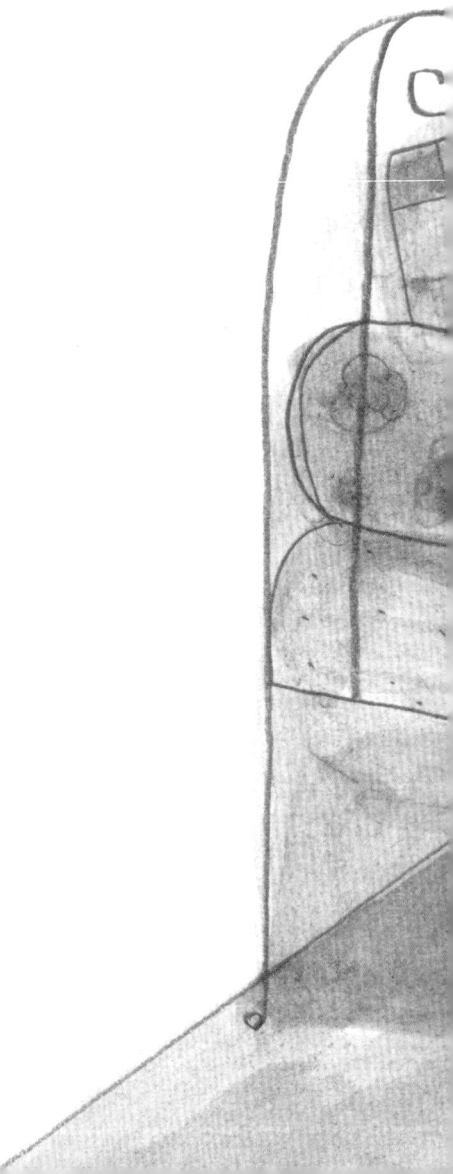

부르스새

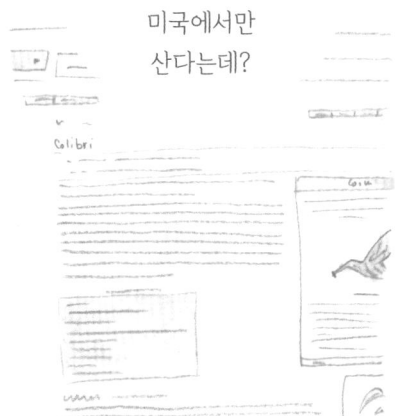
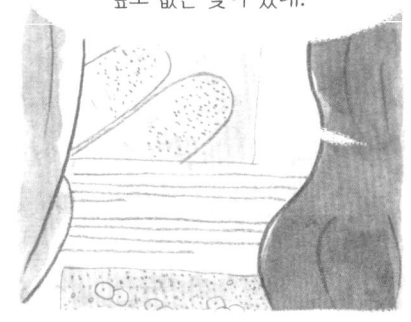

가장 키가 큰 꽃은
최대 3미터,
잎이 6미터까지 자란대.

진짜 놀라운 건 10년에
딱 한 번, 3일 동안만
꽃이 핀다는 거야.

썩은 고기 냄새랑
치즈 고린내가 난대.

그래서 이름이 '시체꽃'이야.

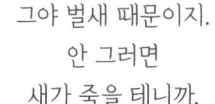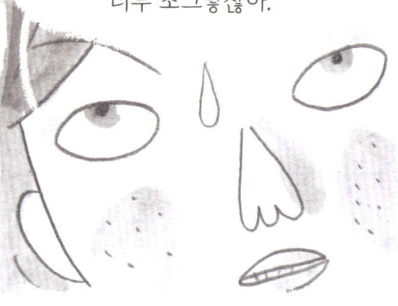

다들 아는 얘기야.
사람이 죽기 전후의 몸무게를
과학자들이 재 봤더니

20그램이 줄었대.
그걸 마지막 숨결의 무게로
보는 거야.

물속에서는 살아 있어도
무게를 잴 수 없는데….

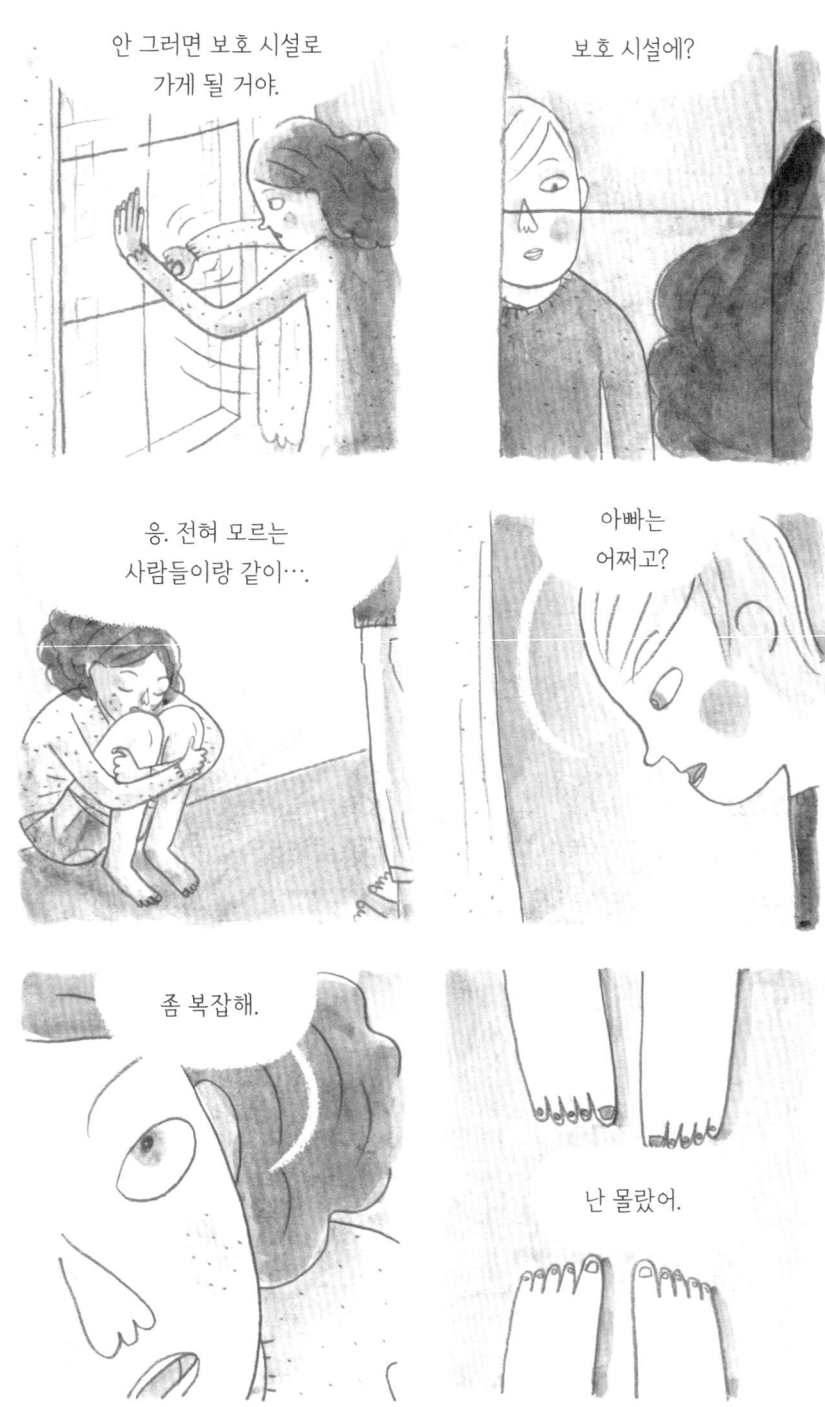

내가 지금
말하잖아.

미리 말하면
뭐가 달라져?

*옮긴이 주: 프랑스에서는 낮과 밤의 길이가 같아지는 추분(9/23)에 가을이 시작된다고 여깁니다.

그래.
하지만 너도 물어본 적 없잖아.

말하지 않으면
그 일이 나에게
일어나지 않을 것 같았거든.

뉴질랜드

LA
NOUVELLE-
ZÉLANDE

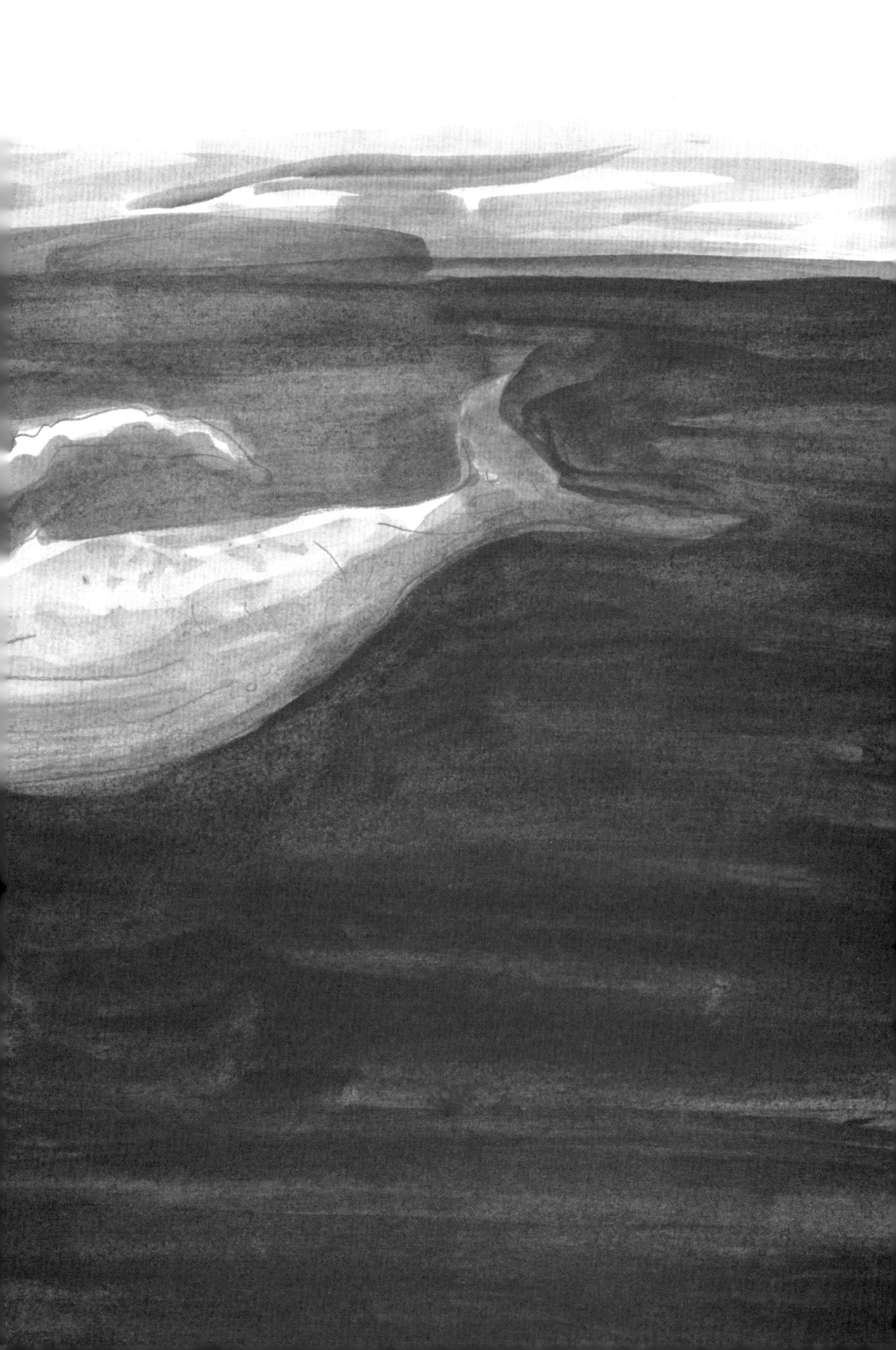

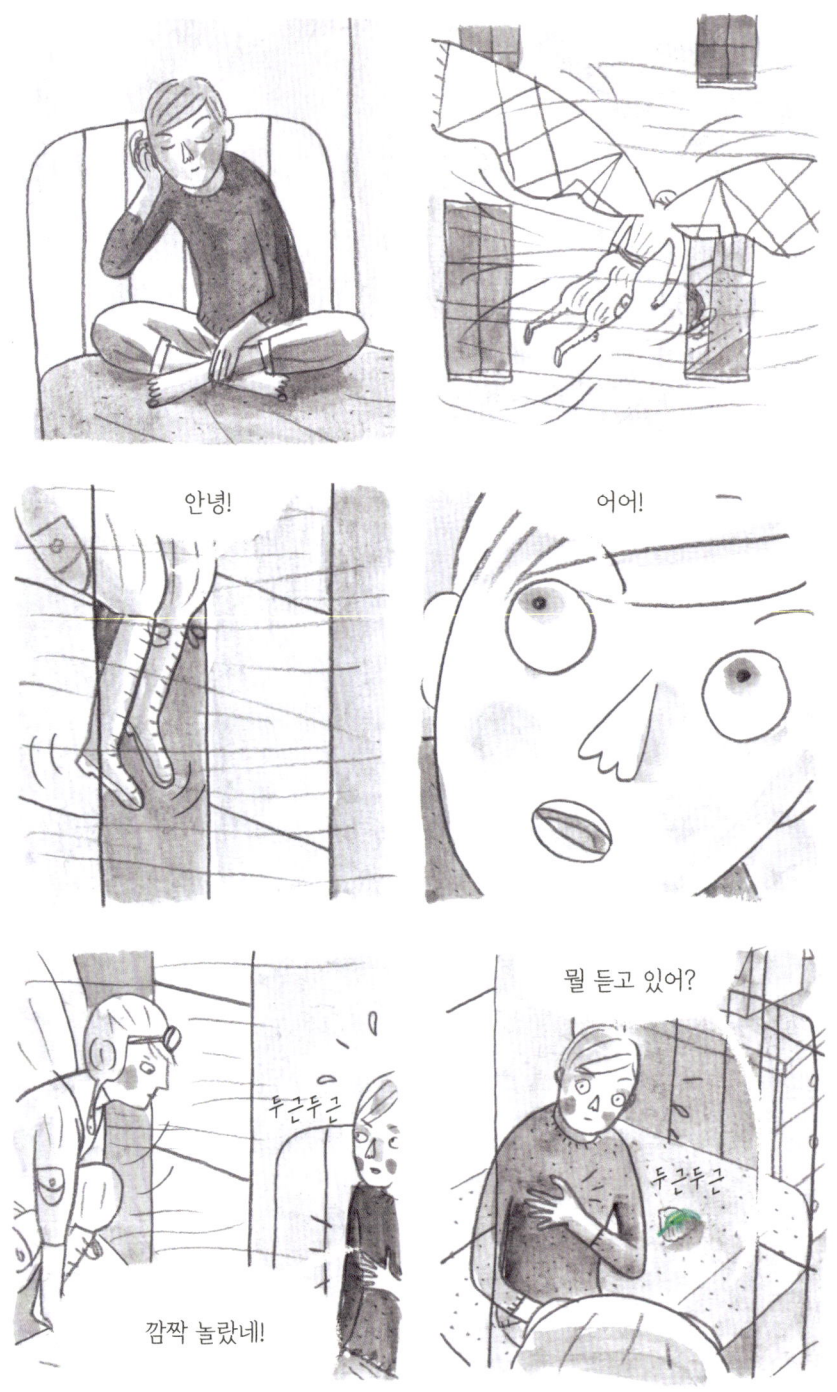

깨어났을 때는
바다 한복판이었지.

엄마는 우리가
왜 그렇게 잠만 자는지 몰랐고.

아빠는 우리를 놀라게
해 주고 싶었던 거야.

엄마는 나중에서야
우리가 수면제 먹은 걸 알았지!

 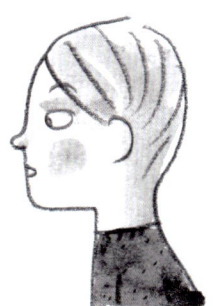

형이 떠난 뒤에는
서로 말을
한마디도 안 해.

형, 로뜨
본 적 있어?

물고기 말하는 거야?

덧니가 하나 났는데

그걸 감추고 싶은지

옆집 여자애야.

항상 입술로
가리고 있어.

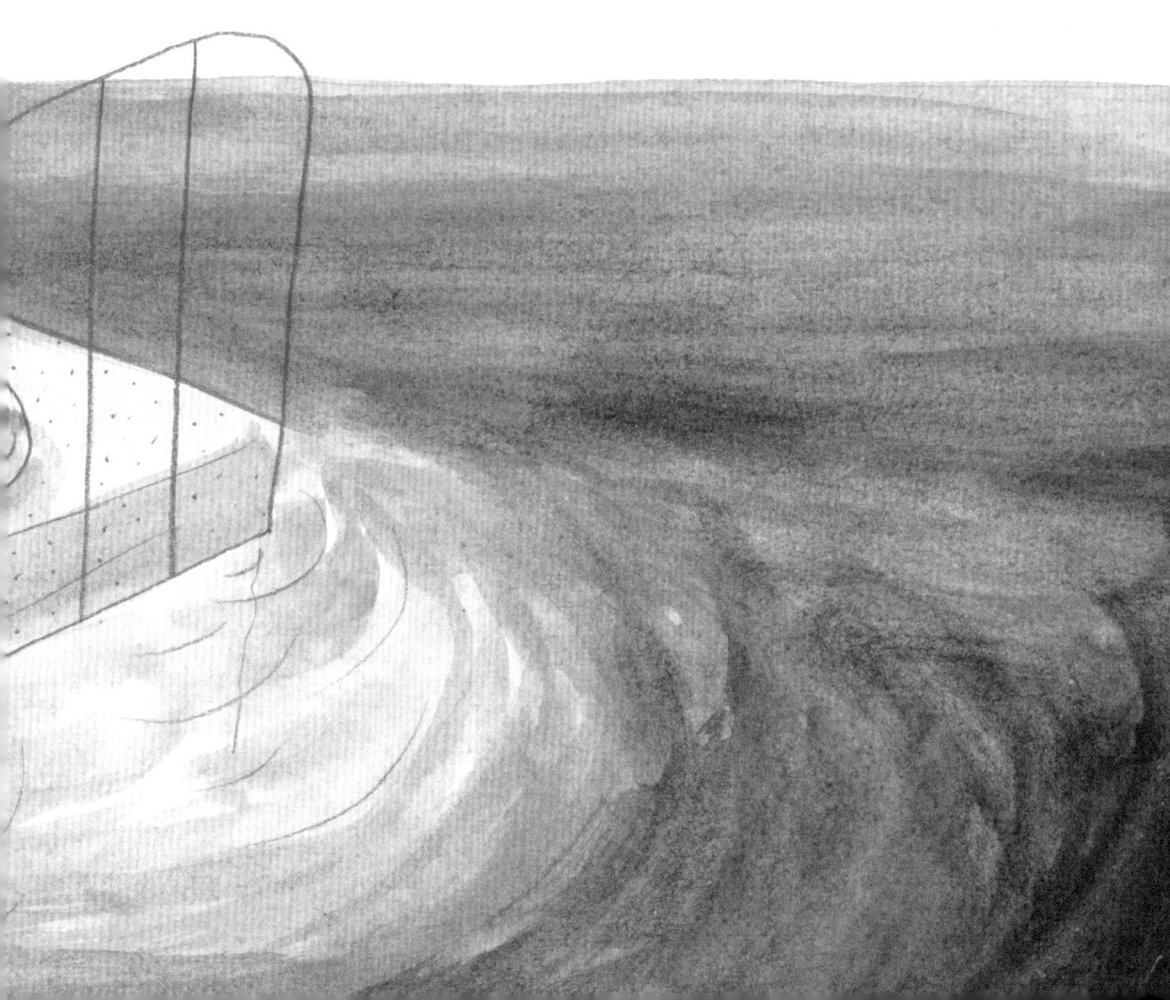

웃을 때
여기 한쪽에만
주름이 생겨.

그 애는
그게 창피한가 봐.
자꾸 엉뚱한 소리를 해.

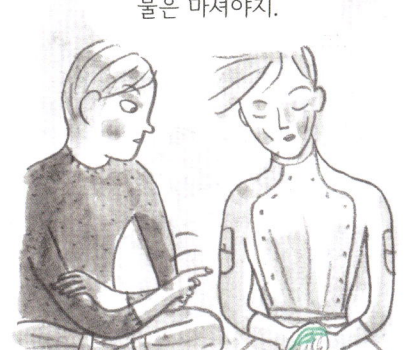

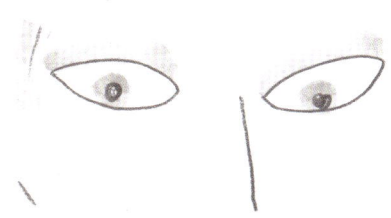

뉴질랜드에
가 본 적 있어?

그 위를
날아가 본 적은 있지.

그럼 혹시
이 언덕 기억나?

와카나…
타카… 오우우….

어떤 남자가
사랑하는 사람을 위해
플루트를 불었던 언덕인데….

잘 모르겠어.

그건 왜?

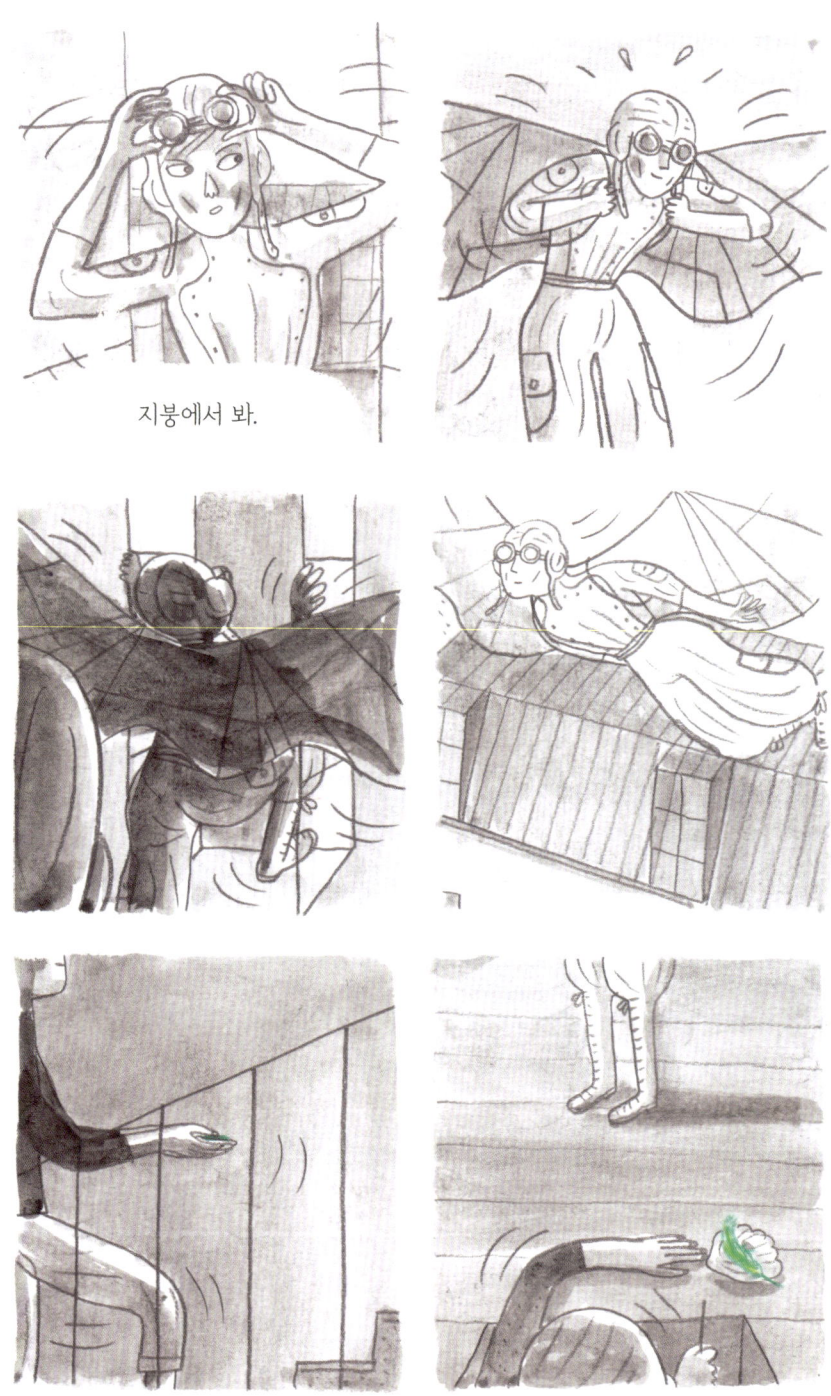

안 되겠어!

우린
너무 무거워.

형은				괜찮아!
날 못 업어.

바람이 우릴
데려다줄 거야.

둘은 너무
무겁다니까!

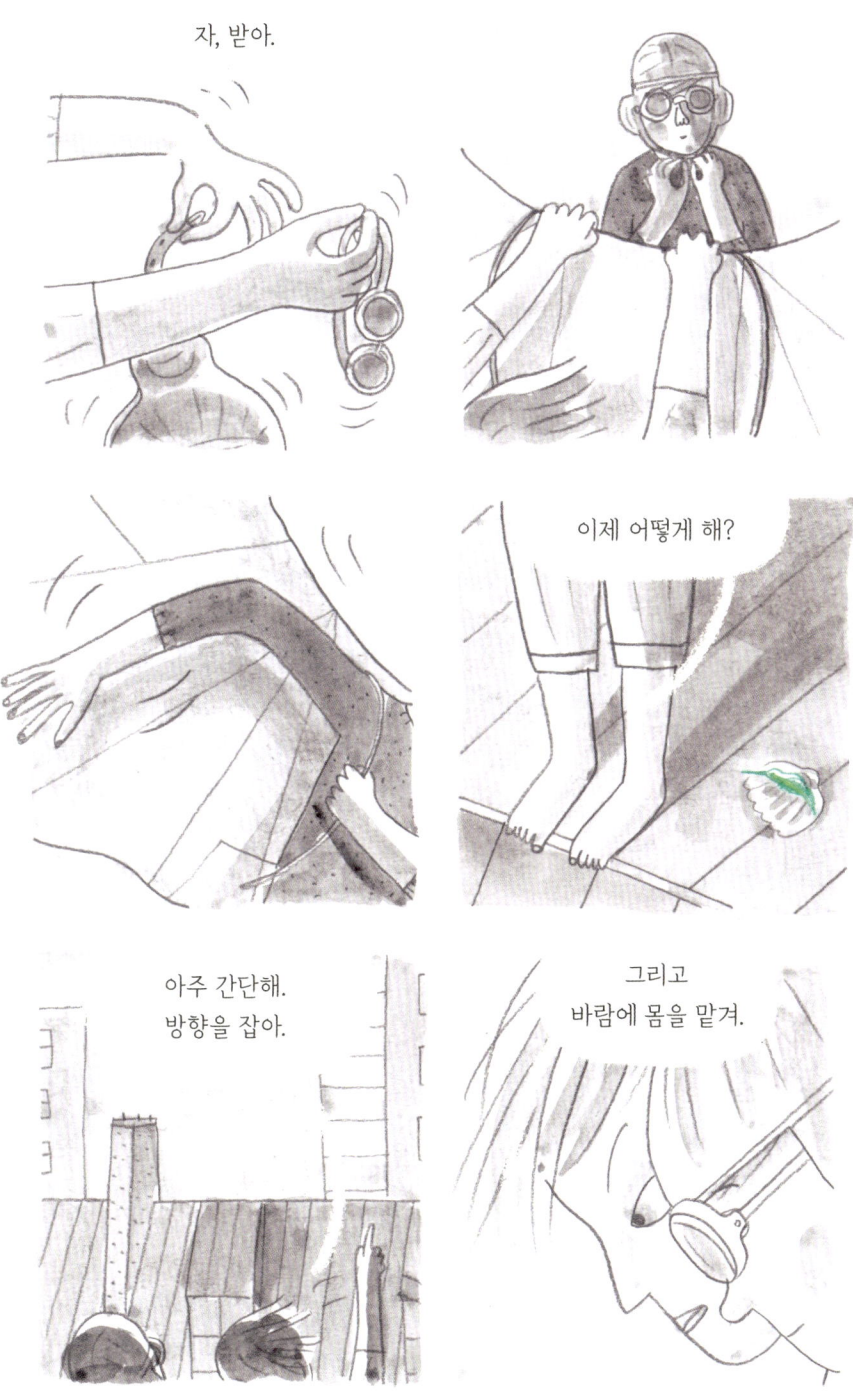

가장 어려운 일은
땅에서 발을 떼는 거야.

난 못하겠어.

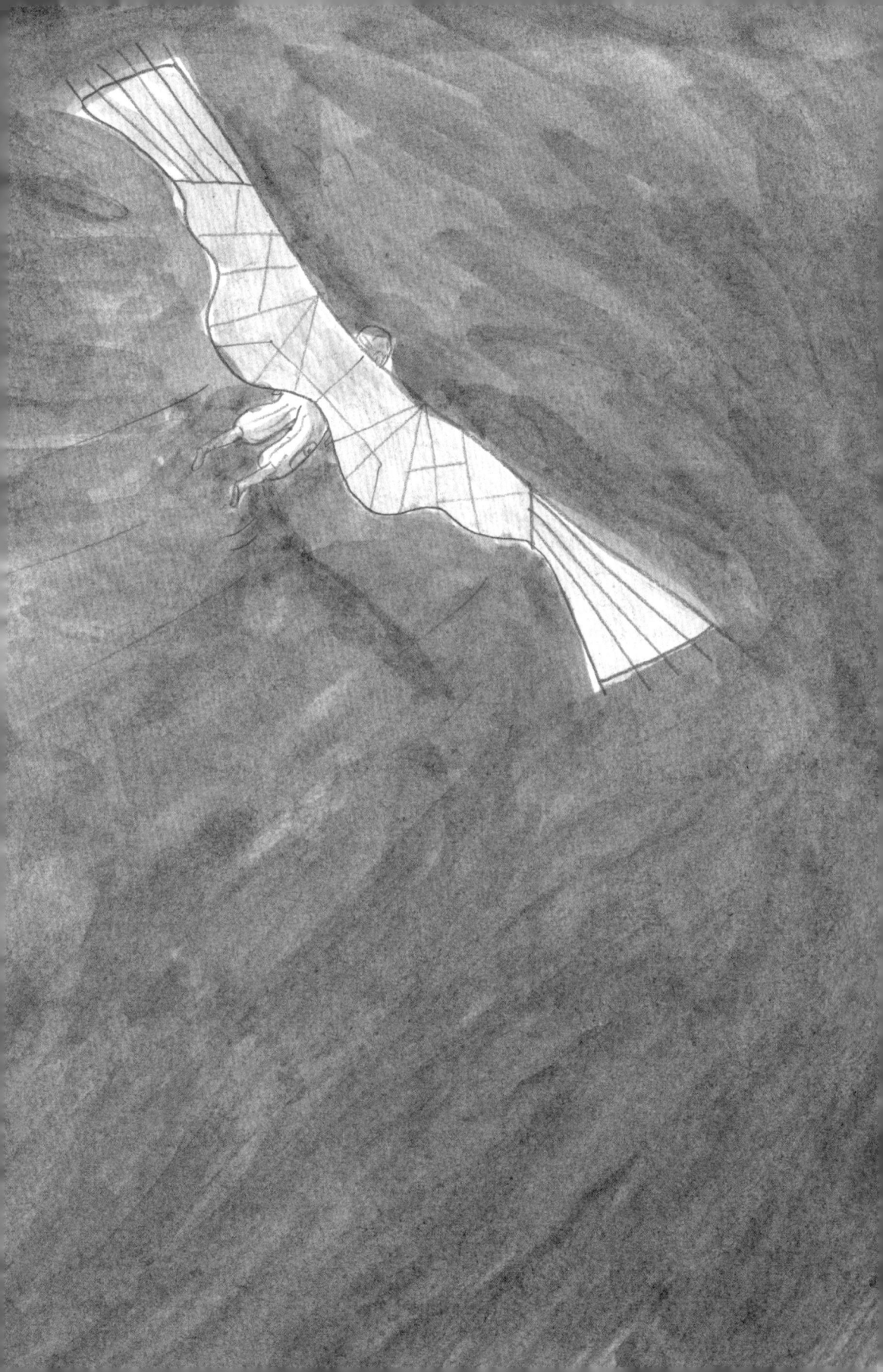

꽃
LES FLEURS

랄라라….

난 널 볼 수 있고,
들을 수도 있지.

언젠가 나는
오페라 가수가
될 거야.

너에 대해서
말해 줘.

내 이름은
로뜨야.

그날이 오면
사람들에게

네가
누군지 말해 봐.

내 목소리를
들려주고 싶어.

달

LA
LUNE

내가 여러 번 불렀는데 대답이 없더라.

잠들었나 봐.

그건 안 돼.

그럼, 네 형이
돌보면 되잖아.

형은
하늘 탐험가니까.

하지만
우주는 무한대로 크잖아.

도시에서
별을 보기 어렵다는 게
더 이상하지 않아?

글쎄,
나한테 중요한 건 햇빛이야.

혼자가 아니라는
기분이 들게 해 주거든.

난
달빛이 더 좋아.

이글거리지 않으니까.

그리고 달은 사라져도
슬프지 않아.

날개
L'ÉQUIPEMENT

불가능한 것

CHOSES IMPOSSIBLES

"롯, 잠깐만!"

"로뜨라고 했잖아!"

어디에서나

TOUTE LA PLACE

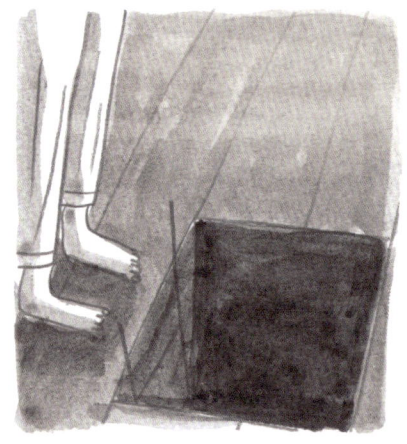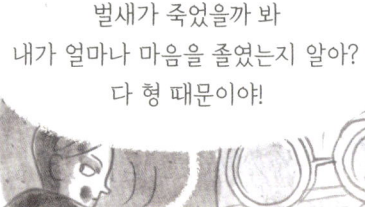

그날 형은
우리 형 같지 않았어.

그날 아침,
형이 내 어깨를
꽉 쥐었잖아.

아침을 먹을 때 형은
평소처럼 내 맞은편에 앉았어.

형이 가장 좋아하는
브리오슈 빵에
내가 잼을 바르는 걸
가만히 바라봤지.

엄마가
형한테도 줬는데

형은 그냥
만지작거리다가

접시에
내려놓더라.

형은 나를
계속 쳐다봤어.

토스트를
먹을 때도
나만 보고 있었지.

근데 그날
내가 좀 바빴거든.

나한테 무슨 할 말 있냐고
물어봤더니

형은 아무것도
아니라고 했지.

그러고는
일어서서
나가 버렸어.

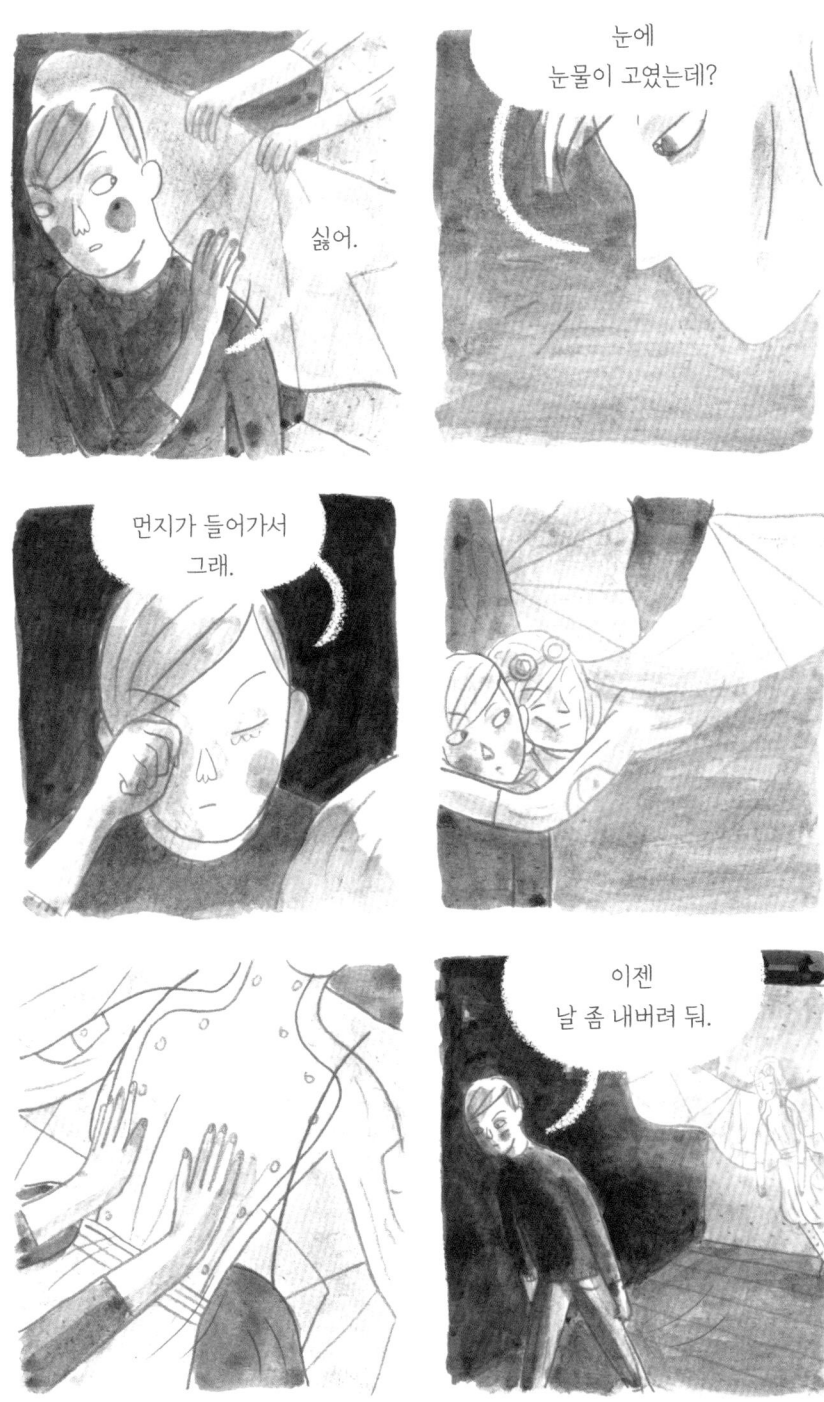

마음의 소리

LE SON INTÉRIEUR

형은 이를 악물고
뛰기 시작했어.

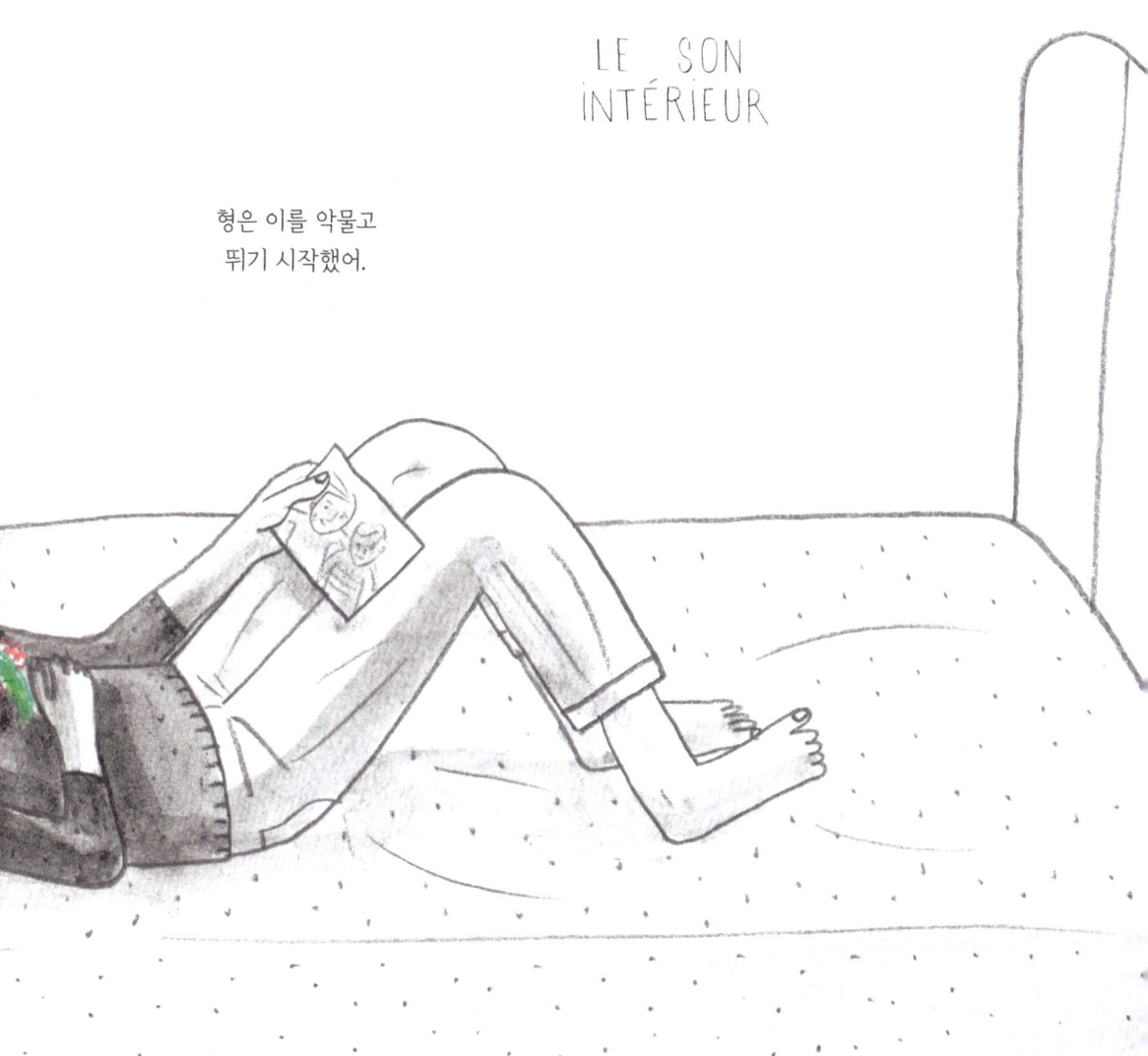

형은 매일 저녁
밖에 나갔어.

비바람을 맞으며
자갈이나 모래밭 위를
밤늦게까지 달렸지.

그러더니 어느 날부턴가 형이 날기 시작했어.

집에서도 이 방 저 방으로 날아다녔어.

새처럼 우아하게.

노래를 흥얼거리다가 깔깔 웃기도 하고, 지금껏 보지 못한 활기찬 모습이었지.

학교에서도 훨씬 더 잘했어.

정말 대단했지.

한동안은 그랬어.

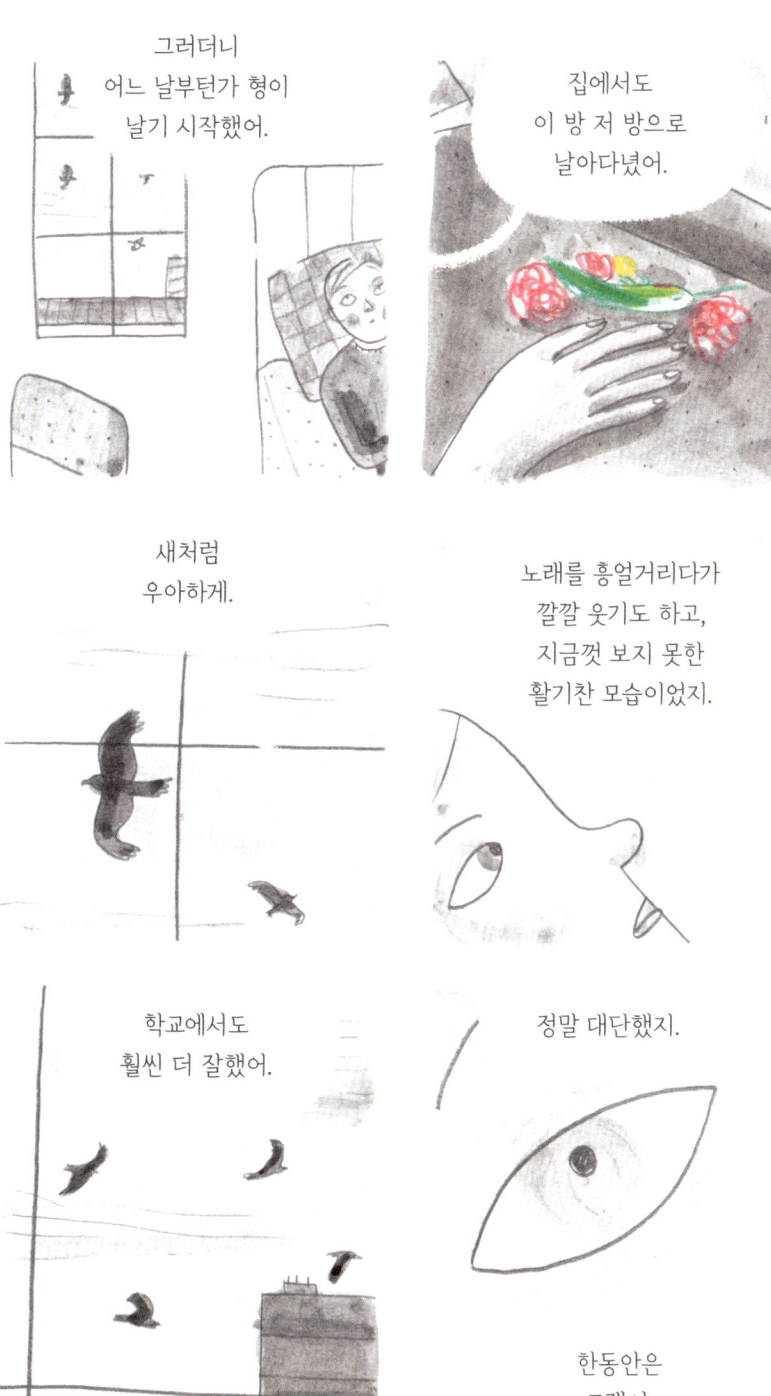

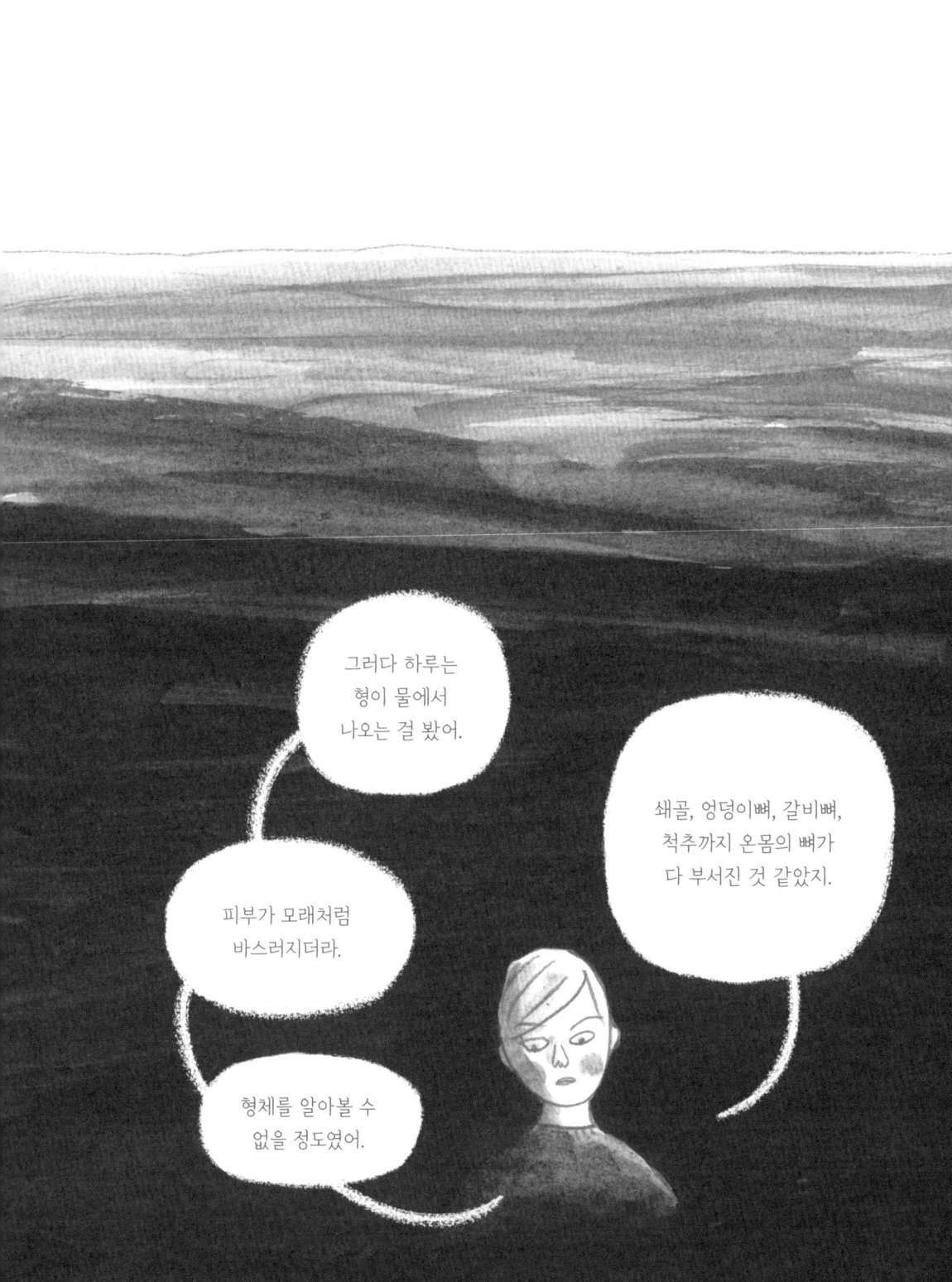

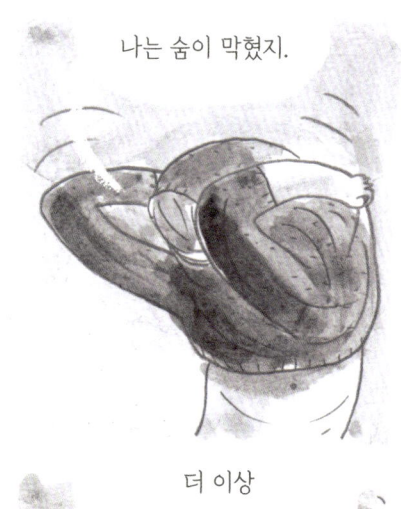

실은 주사기에 빵이나 파스타,
버터를 채워 형의 목구멍 속으로
밀어 넣고 싶었어.
음식을 뱉지 못하게
온 힘을 다해서 말야.

억지로라도
먹이고 싶었어.

벌새는 어디 있어?

날아갔어.

무한대

L'INFINI

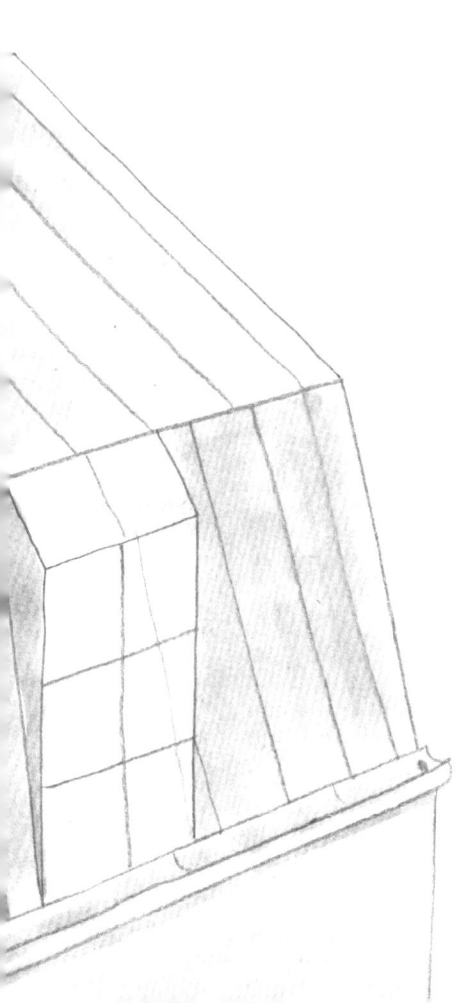

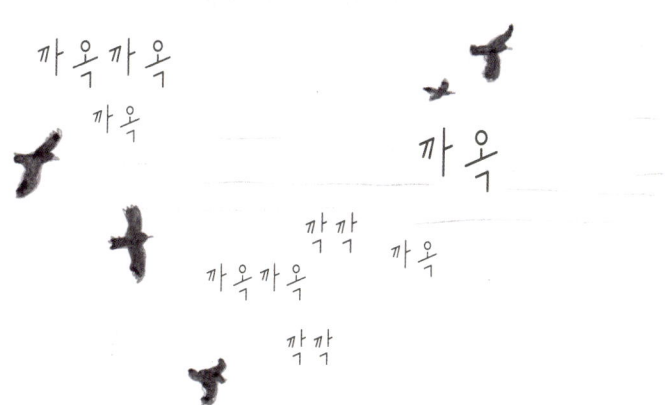

우리 둘 사이는
무한대야.

북극곰 그래픽노블 시리즈 11

벌새

2024년 6월 10일 초판 1쇄 ‖ 2024년 11월 21일 초판 2쇄

글 엘리자 수아 뒤사팽 ‖ **그림** 엘렌 베클랭 ‖ **옮김** 문현임
편집 유순원, 김지선 ‖ **디자인** 이향령, 양태종 ‖ **마케팅** 이상현, 신유정
펴낸이 이순영 ‖ **펴낸곳** 북극곰 ‖ **출판등록** 2009년 6월 25일 (제300-2009-73호)
주소 서울시 마포구 독막로 320 B106호 ‖ **전화** 02-359-5220 ‖ **팩스** 02-359-5221
이메일 bookgoodcome@gmail.com ‖ **홈페이지** www.bookgoodcome.com
ISBN 979-11-6588-372-0 74800 ‖ 979-11-90300-99-5 (세트)

Originally published under the title: Le Colibri
© 2022 by Editions La Joie de lire S.A. - 5 chemin Neuf, CH - 1207 Genève
www.lajoiedelire.ch
All rights reserved

Korean language edition ⓒ 2024 by BookGoodCome.
Korean translation rights arranged with Editions La Joie de lire SA through EntersKorea Co., Ltd., Seoul, Korea.

이 책의 한국어판 저작권은 (주)엔터스코리아를 통한 저작권사와의 독점 계약으로 북극곰이 소유합니다.
저작권법에 의하여 한국 내에서 보호를 받는 저작물이므로 무단 전재와 무단 복제를 금합니다.

제품명 : 도서 ‖ **제조자명** : 북극곰 ‖ **제조국명** : 대한민국 ‖ **사용연령** : 8세 이상
주의! 책 모서리가 날카로우니, 던지거나 떨어뜨려 다치지 않도록 주의하세요.
잘못된 책은 구입한 곳에서 바꾸어 드립니다.